D1285748

Para Prada, para que este libro
sea, aunque sea un poquito, como
el álbum de cromos que perdiste.
Y para todos los que, como él,
sois pequeños héroes cada día.

Publicado por Random House Mondadori S.A.,
Travessera de Gràcia, 47-49
08021 Barcelona

Título original: *Les aventures de Don Quixot*
Traducción y adaptación al castellano: Carla Palacio

Texto: © 2004, Anna Obiols
Ilustraciones: © 2004, Joan Subirana «Subi»

© 2004, Lumen S.A.
Primera edición: noviembre de 2004

ISBN 1-930332-95-5
Impreso en España

Las aventuras de
DON QUIJOTE

ADAPTACIÓN

Anna Obiols

ILUSTRACIONES

Subi

TRADUCCIÓN AL CASTELLANO

Carla Palacio

LECTORUM
PUBLICATIONS INC
a subsidiary of Scholastic Inc.
New York

Lumen

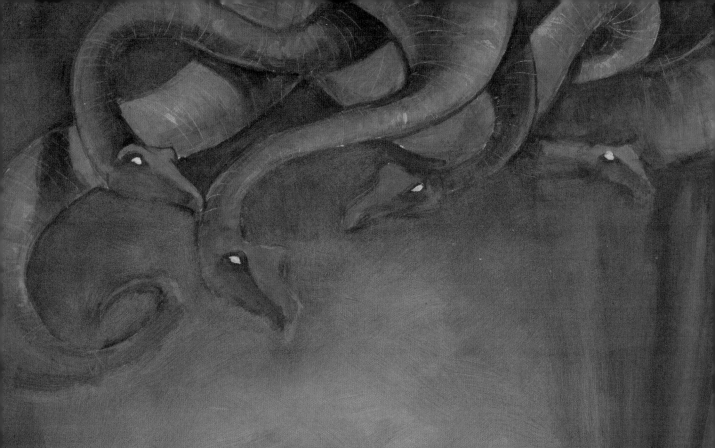

Hace muchos, muchísimos años, vivió un hombre humilde llamado Miguel de Cervantes. Era un gran conocedor de las novelas de caballerías y, de hecho, estaba tan harto de ellas que decidió escribir una muy diferente.

Lo primero que debía tener claro era el nombre de su caballero: se llamaría Don Quijote de la Mancha. Quiso que fuera un hombre alto y delgado, de carnes magras y rostro enjuto; pasaría de los cincuenta años y tendría un caballo viejo y renqueante, al que llamaría Rocinante. Como a todo buen caballero, no le faltaría una dama de la que enamorarse: Dulcinea del Toboso, una muchacha aldeana, no muy alta y algo regordeta, que a los ojos de Don Quijote era la más bella entre todas las princesas.

Un buen día, Cervantes armó a su caballero y lo envió a «desfacer entuertos», es decir, a poner paz y justicia en el mundo.

Al cabo de pocos días, sin embargo, nuestro héroe regresó
a casa malherido, a buscar ropa y algo de dinero. Y mientras
se recuperaba en la cama...

—¡Estos malditos libros lo han vuelto loco! ¡Los libros son los
culpables de que esté en semejante estado! —dijo el ama, exaltada.

—Miradlo, ha regresado malherido... más muerto que vivo —se
lamentó la sobrina.

—Este hombre se nos está volviendo loco. Dice cosas insensatas,
sin pies ni cabeza. Y nuestro deber es salvarlo, ¡sea como
sea! —exclamó el cura.

—¡A la hoguera con todas esas novelas de caballerías, antes de que
su locura ya no tenga remedio alguno! —gritó el barbero.

Y así lo hicieron. Por la ventana, tiraron al patio de la casa más de
cien libros, e hicieron una hoguera de la que pocos se libraron.

Cuando Don Quijote se recuperó y pudo levantarse de la cama, echó de menos sus libros. La sobrina echó las culpas a un encantador de serpientes, que había llegado sobre una nube y se había marchado volando por el tejado dejándolo todo lleno de humo, sin que nadie supiera qué había pasado.

La desaparición de las novelas de caballería, sin embargo, no impidió a nuestro caballero salir de nuevo en busca de aventuras. Pero esta vez no partió solo: iba acompañado de Sancho Panza, un campesino de la vecindad, humilde y de buena fe, que dejó mujer e hijos para ser el escudero del caballero Don Quijote. Partieron aquella misma noche, sin decir nada a nadie y sin ser vistos por un solo vecino: Don Quijote montando a Rocinante y Sancho Panza montando a su asno Jumento.

Hacía ya unos días que avanzaban por tierras de la Mancha,
cuando Don Quijote creyó ver a un ejército de gigantes
acercándose a ellos.
–¡De prisa, Sancho, prepárate para la lucha!

–Pero, ¿qué ocurre, mi señor?

–¿Acaso no ves ese ejército de gigantes dispuestos a atacarnos?

–¡¡¡No son gigantes, mi señor, son molinos de viento!!!

No hubo nada que hacer. Un aspa de molino lanzó a nuestro héroe por los aires, que cayó aturdido al suelo.

Amo y escudero decidieron descansar en una venta para
recuperarse y retomar fuerzas. A los ojos de Don Quijote,
sin embargo, aquello no era una venta: era un castillo.
Así que, llegado el momento de partir, nuestro héroe no quiso
pagar la cuenta, pues ese no era un deber de caballero. El ventero
se enojó y, con la ayuda de cuatro hombres de Segovia, tres
vendedores de agujas de Córdoba y dos vecinos de Sevilla,
se vengó manteando a Sancho Panza, haciéndolo volar arriba
y abajo como un muñeco.

Don Quijote parecía cada vez menos cuerdo. Confundía la realidad con la ficción de sus novelas de caballerías, con lo que él y su escudero se veían envueltos en mil peripecias. Esta vez, por dos nubes de polvo que se aproximaban a ellos.

–¡En guardia, Sancho!

–Pero, ¿qué ocurre ahora, mi señor?

–¿Acaso no sabes que como nobles caballeros tenemos el deber de poner paz en el mundo? –respondió Don Quijote.

–Mi señor, esos pobres pastores no nos han hecho nada. ¡Por mis barbas si no cuidan sólo de su rebaño de ovejas! –exclamó Sancho.

–¿Qué rebaño? ¿Acaso no ves que son dos ejércitos, dos, a los que debemos enfrentarnos?

El pobre Sancho no daba crédito a lo que oía. Se llevó las manos a la cabeza e intentó esquivar las piedras que les arrojaban los pastores, y que hirieron a su amo.

Al cabo de unas semanas, nuestros héroes llegaron a la conocida Sierra Morena. Por el camino, nuestro caballero no hacía sino pensar en su querida Dulcinea. Por fin, decidió enviar a Sancho en su busca, al Toboso, para que le hiciera llegar una carta. Antes de que Sancho partiera, sin embargo, el héroe de Cervantes quiso imitar al célebre caballero Amadís de Gaula, quien se retiró a enloquecer, llorar y hacer penitencia. Y de qué modo: Don Quijote se desnudó y empezó a saltar, bailar y dar volteretas... mientras su escudero le iba diciendo:
—Ya es suficiente, mi señor, ¡deteneos, por favor!

Al cabo de unos días, nuestros amigos estaban de nuevo juntos.
Cansados, se detuvieron en una venta a dormir, en la que aquella
noche hubo una brava y descomunal batalla.

–¡Ven aquí, gigante mostrenco y bellaco! ¡No te escondas! ¡¡Atrévete
a luchar conmigo!! ¿Acaso me tienes miedo? ¡¡Cuando te agarre, te haré
pedazos!! –gritaba Don Quijote.

De modo que nuestro caballero se pasó la noche en la bodega, dando
sablazos aquí y allá, agujereando, en fin, botas de vino. La bodega se convirtió
pronto en un mar de vino tinto. El posadero no daba crédito a lo que veía
y Sancho Panza cerraba los ojos para no contemplar tamaño desastre.

Pasaron días y noches, hasta que nuestros protagonistas se encontraron con un carretero que llevaba dos jaulas con dos leones muertos de hambre.

–¿Leoncitos a mí? ¡Bestia inmunda, atrévete con el caballero Don Quijote! –gritó nuestro héroe, intentando provocar al león.

Pero el león tenía una pereza inmensa y, a pesar de que la jaula estaba abierta, bostezó enseñando sus enormes fauces y dio la espalda a nuestro caballero, mientras se tendía de nuevo, impertérrito.

De la mano de Cervantes, Don Quijote y Sancho Panza
vivieron muchas trifulcas. Como la de aquel atardecer,
cuando llegaron a una venta en la que coincidieron con
Maese Pedro, un titiritero que narraba la historia del
retablo de Melisendra.
Don Quijote dio tal crédito a las palabras del titiritero
que desenvainó su espada y, creyendo defender el
honor de un noble caballero de la historia, empezó a
cortar los hilos de los títeres y a descabezar muñecos.

Otra peripecia sucedió en tierras catalanas, más concretamente, en la playa de Barcelona.

–¡¡¡Oooooh!!! ¡¡¡Qué inmensidad!!!

Don Quijote y Sancho Panza quedaron fascinados la primera vez que vieron el mar. Y fue allí mismo, en la playa de Barcelona, donde se les presentó el caballero de la Blanca Luna. Aunque en realidad no era tal: era un conocido de Don Quijote, el bachiller Sansón Carrasco, quien quería llevarlo de nuevo a casa engañándolo con un desafío: le dijo que su amada era más hermosa que Dulcinea del Toboso.

–¡Lucharemos como nobles caballeros! Si tú eres el derrotado, deberás retirarte a la Mancha, a tu pueblo, a tu casa. Dejarás las armas y llevarás una vida tranquila durante un año –propuso el falso caballero y aceptó Don Quijote, dispuesto a luchar para lavar el honor mancillado de Dulcinea.

Nuestro gran héroe fue derrotado y, como caballero que había dado su palabra, cumplió su promesa: él y su escudero regresaron a sus tierras, cansados, pero con unas aventuras a sus espaldas dignas de los más grandes caballeros.

Don Quijote llegó a su casa dispuesto a hacer de pastor durante un año, pero estaba destrozado, triste y enfermo. Entonces, guardando cama, reconoció su locura y se dio cuenta de que aquellas peripecias tenían más de imaginación que de realidad. Sancho le suplicó que no se dejara morir, le habló de la muchacha Dulcinea, pero Cervantes, autor y creador de nuestro caballero, ya había escrito su destino.

Don Quijote murió en la novela, pero, a pesar de los siglos que han pasado, su espíritu sigue vivo, muy vivo.

MIGUEL DE CERVANTES SAAVEDRA nació en Alcalá de Henares en 1547.

No se sabe exactamente la fecha, aunque los estudiosos suponen que nacería el 29 de septiembre, el día de San Miguel.

Con poco más de veinte años se marchó a Italia, se alistó en la Armada de la Santa Liga. Combatiendo contra los turcos, en la batalla de Lepanto, recibió tres disparos de arcabuz, y perdió un brazo –de ahí el sobrenombre con el que pasaría a la posteridad, «El manco de Lepanto»–.

De regreso a España, fue capturado por unos piratas argelinos, que le llevaron a Argel, donde estuvo como esclavo cinco largos años –eso sí, intentó escapar cuatro veces, dos por tierra y dos por mar, pero no tuvo suerte–. En 1580 fue liberado, después de que su familia pagara un rescate de 500 ducados, lo que no estaba nada mal para la época.

De nuevo en España, Miguel de Cervantes decidió retornar a una actividad que había quedado truncada por tantas aventuras: la escritura. Y así nació el Ingenioso Hidalgo Don Quijote de la Mancha.

Don Quijote es, en realidad, un señor que vive en la Mancha, un escuálido cincuentón que lee día y noche novelas de caballerías, hasta que decide armarse caballero y hacer todo lo que hacen los auténticos caballeros de novela: ir en busca de aventuras, desagraviar a los agraviados, hacer respetar el honor de su amada Dulcinea del Toboso y lograr eterno nombre y fama.

Sus peripecias y desventuras, sus batallas contra terribles gigantes y ejércitos enemigos, siempre junto a su fiel escudero Sancho Panza, os las vamos a contar en este pequeño libro.